12 Décembre 87

AF343946

99P

BELLE COLLECTION

DE

PORCELAINES DE SAXE

Biscuits de Sèvres

BOITES — MINIATURES — ÉVENTAILS

Bronzes et Meubles anciens

MAGNIFIQUES TAPISSERIES

BRODERIES — TABLEAUX — GRAVURES

RICHES BIJOUX

Mᵉ ESCRIBE	**M. A. BLOCHE**
COMMISSAIRE-PRISEUR	EXPERT
6, rue de Hanovre.	23, rue Chauchat.

EXEMPLAIRE DE H. STETTINER

CATALOGUE

D'UNE

JOLIE COLLECTION

DE

GROUPES ET FIGURINES

En anciennes porcelaines de Saxe, d'Allemagne et en biscuit de Sèvres

Boîtes, Bonbonnières, Miniatures, Éventails

RICHES BIJOUX

Belles sculptures sur marbre

BRONZES ET MEUBLES ANCIENS

Salon en tapisserie, style Louis XVI

Tableaux, Gravures, Pastels

Curiosités du xvᵉ et du xviᵉ siècle

SÉRIE DE 4 MAGNIFIQUES TAPISSERIES

D'APRÈS WOUWERMANS

Broderies, Violon de Guarnérius et Harpe Louis XVI

DONT LA VENTE AURA LIEU

HOTEL DROUOT, SALLE Nᵒ 3

Les Lundi 12 et Mardi 13 Décembre 1887

A DEUX HEURES

Mᵉ ESCRIBE	**M. A. BLOCHE**
COMMISSAIRE-PRISEUR	EXPERT
6, rue de Hanovre, 6	23, rue Chauchat, 23

EXPOSITION PUBLIQUE : Le Dimanche 11 Décembre 1887

DE 1 HEURE 1/2 A 5 HEURES

D C 5 4 1 ?

CONDITIONS DE LA VENTE

Elle sera faite au comptant.

Les acquéreurs payeront en sus des enchères *cinq pour cent*, applicables aux frais.

L'exposition mettant le public à même de se rendre compte de l'état des objets, il ne sera admis aucune réclamation une fois l'adjudication prononcée.

Paris. — Imp. de l'Art, 41, rue de la Victoire.

DÉSIGNATION DES OBJETS

PORCELAINES DE SAXE ET D'ALLEMAGNE

1 — Groupe : Bacchus et Enfant, en vieux Saxe.

2 — Groupe : la Bonne Prise, en vieux Saxe.

3 — Groupe : le Rhin, en vieux Saxe.

4 — Groupe : Jardinière et Marquis, en vieux Saxe.

5 —. Groupe : l'Écrivain, en Saxe.

6 — Groupe : Amours et Buste, en Saxe.

7 — Groupe : Bergère et Mouton, en Saxe.

8 — Figurine : Jardinière, en Saxe.

9 — Groupe : Vénus et l'Amour, en Saxe.

10 — Groupe : Léda, en Saxe.

11 — Groupe : Enlèvement de Proserpine, en Saxe.

12 — Groupe : le Pont de Prague. Statue de saint Népomucène, en Saxe.

13 — Groupe : les Cinq Sens, en Saxe.

14 — Groupe : Joueur de cornemuse, en Saxe.

15 — Figurine : l'Eau, en porcelaine de Berlin.

16 — Figurine : le Feu, en porcelaine de Berlin.

17 — Groupe : le Nid, de Ch. Théodore.

18 — Figurine : le Charpentier, en Frankenthal.

19 — Groupe : Sujet allégorique, en Chelsea.

20 — Figurine : Jardinier, en Saxe.

21 — Figurine : Amours dansant, en Saxe.

22 — Groupe de quatre figures en vieux Saxe :
Marquis, Marquise et Amours.

23 — Groupe de deux figures et un chien,
en vieux Saxe : *la Déclaration devant un
bosquet.*

24 — Groupe de deux figures et un mouton, en
vieux Saxe : *l'Hommage du Berger à la Bergère, qui pince de la mandoline.*

25 — Groupe de trois figures en vieux Saxe :
*Danseur, Danseuse et Joueur de mando-
line.*

26 — Deux groupes en vieux Ludwigsburg : *Bergère et Mouton, Berger et Chien.*

27 — Figurine en vieux Saxe : *Prélat prêchant.*

28 — Figurine en vieux Vienne : *Colombine.*

29 — Figurine en vieux Saxe : *Comédien.*

30 — Figurine en vieux Saxe : *Cassandre.*

31 — Onze jolies figurines en vieux Saxe : les Musiciens.

32 — Quatre figurines en vieux Saxe : les Saisons.

33 — Trois figurines en vieux Saxe : Berger, Bergère et Bouquetière dansant.

34 — Joli groupe en vieux Saxe : Jeune Femme assise sur un lion, au pied d'une colonne.

35 — Groupe de Frankenthal formant écritoire, représentant un groupe d'Amours sur des rocailles.

36 — Groupe de deux enfants tenant un écusson, en vieux Saxe.

37 — Joli groupe de deux figures : Berger et Bergère, en vieux Saxe.

38 — Figurine en vieux Saxe : Marchand de volailles.

39 — Groupe de deux figures, de Charles Théodore : Berger et Bergère.

40 — Figurine en vieux Saxe : Jardinière arrosant des fleurs.

41 — Figurine en vieux Saxe : Paysan tenant une corbeille.

42 — Très petite figurine en vieux Saxe : Petit Turc.

43 — Figurine en vieux Saxe : Femme tenant une corbeille.

44 — Figurine : Femme tenant un baquet.

45 à 48 — Quatre figurines diverses.

49 — Figurine en vieux Saxe : *le Montreur de lanterne magique.*

50 — Quatre figurines en vieux Saxe : *le Printemps et l'Été.*

51 — Figurine en vieux Saxe : *la Marchande de volailles.*

52 — Figurine en vieux Ludwigsburg : *le Buveur.*

53 — Figurine en vieux Frankenthal : *Jardinier.*

54 — Deux figurines en vieux Mayence : Petits Travailleurs.

55 — Petit groupe en vieux Saxe : Nymphe, Enfant et Amour.

56 — Figurine en vieux Saxe : l'Hiver.

57 — Figurine en vieux Saxe : Berger tenant une hotte devant lui.

58 — Figurine de Charles Théodore : Jardinier
s'appuyant à une balustrade.

59 — Deux figurines de Chelsea : l'Oiseleur et la
Femme à la cage.

60 — Groupe de deux figures en vieux Saxe : *Vénus et l'Amour*.

61 — Bonbonnière en vieux Saxe, décor semis
de fleurs en relief.

62 — Potiche pentagonale en vieux Saxe, fond
vert d'eau, à médaillons sujets chinois rehaussés d'or.

63 — Vidrecome en vieux Saxe, décor à personnages siamois rehaussés d'or.

64 — Chope vieux Saxe, décorée d'un médaillon en camaïeu violet et de sujets dans le
goût chinois rehaussé d'or avec animaux chi-
mériques et papillons.

65 — Chope en vieux Saxe, décor à personnages chinois.

66 — Boîte à thé, vieux Saxe, fond violet à cartels paysages.

67 — Boîte à thé, vieux Saxe, décor médaillons, sujets Téniers, avec encadrements à rocailles rehaussés d'or.

68 — Boîte à thé, vieux Saxe, décor à personnages, genre Watteau, au milieu d'ornements rocailles.

69 — Boîte à thé, vieux Berlin, décorée de sujets d'après Lancret, bordure écailles de poissons rouge d'or.

70 — Boîte à thé en vieux Saxe, décor à sujets champêtres.

71 — Boîte à thé en vieux Berlin, décor volatiles.

72 — Boîte à thé, vieux Saxe, fond violet et médaillons scènes de ports de mer à rehauts d'or.

73 — Boîte en vieux La Haye, décor à personnages et fleurs détachées.

74 — Boîte à thé, vieux Saxe, fond violet, médaillons à sujets champêtres et marines.

75 — Boîte à thé, vieux Saxe, fond vert d'eau, médaillons à scènes maritimes.

76 — Boîte à thé en vieux Saxe, décor à scènes chinoises rehaussé d'or.

77 — Boîte à thé, vieux Saxe, décor à sujets chinois.

78 — Boîte à thé, vieux Saxe, décorée de médaillons à scènes champêtres encadrées de rehauts d'or.

79 — Boîte à thé, vieux Saxe, décorée de jetées de fleurs.

80 — Sucrier octogone, vieux Saxe, décor à rehauts d'or.

81 — Boîte à thé, vieux Sèvres, décor chaînettes à rehauts d'or.

82 — Sucrier en vieux Saxe, décor vues de châteaux et paysages, bordure écailles de poisson rouge et or.

83 — Sucrier en vieux Saxe, décor à sujets champêtres, bordure gaufrée.

84 — Sucrier en vieux Saxe, fond violet, médaillons à sujets champêtres et marines.

85 — Deux corbeilles ovales en vieux Saxe, genre vannerie fond blanc, avec anses ornées de mascarons. Intérieurs à fleurs, et oiseaux dans le style chinois.

86 — Service en vieux Saxe, décor à rehauts d'or, sujets chinois, composé d'une cafetière, théière, sucrier, bol, boîte, sept tasses avec soucoupes, potiche à thé.

87 — Deux petites potiches à thé en vieux Saxe, décor à rehauts d'or, sujets chinois.

88 — Théière en vieux Saxe, décor sujets chinois rehaussé d'or.

89 — Trois petites boîtes avec couvercles, décor à paysage, l'une en grisaille, les deux autres en orange et rehaussé d'or, en vieux Saxe.

90 — Sucrier ovale avec couvercle en vieux Saxe, fond violet, médaillons scènes de ports de mer.

91 — Sucrier rond avec couvercle en vieux Vienne, décor à médaillons et guirlandes.

92 — Sucrier forme urne, en ancienne porcelaine de Mol, décor à draperies.

93 — Théière forme cygne, fond blanc à rehauts d'or.

94 — Deux petites coupes à anse en porcelaine de Worchester fond bleu, médaillons à volatiles.

95 — Dessus de brosse en vieux Saxe à jour, médaillons sujets champêtres.

96 — Deux médaillons ronds en ancien biscuit de Sèvres : Louis XVI et Marie-Antoinette.

97 — Six tasses et soucoupes en vieux Saxe, décorées de vues de châteaux et d'écailles de poisson rouge et or.

98 — Sucrier en vieux Saxe, même décor.

99 — Deux tasses et soucoupes en vieux La Haye, décor à petits personnages, bordure rehaussée d'or.

100 — Deux perroquets en faïence de Portugal.

101 — Bannette en faïence de couleur à fleurs et oiseaux.

102 — Autre bannette en faïence, décor lambrequins et fleurs.

103 — Bouquetière en faïence de Moustiers en couleur.

104 — Deux plateaux en Saxe, décor d'après Watteau.

105 — Deux flambeaux faïence bleu, ornés de fleurs de lis.

106 — Deux vases en Chine bleu à décor de fleurs blanches.

107 — Deux chiens griffons Saxe montés en bronze.

108 — Deux petits vases à anses hispano-arabes à reflets.

109 — Deux petites potiches cloisonnées, fond rose, à couvercles.

110 — Grande potiche à couvercle, en Japon bleu.

111 — Deux pigeons en Saxe blanc montés en bronze doré.

112 — Deux grosses potiches en vieux Chine, fond bleu fouetté à rehauts d'or.

BISCUITS DE SÈVRES ET AUTRES

113 — Groupe de trois figures en ancien biscuit de Sèvres : Offrande à Vénus.

114 — Groupe de cinq figures en ancien biscuit de Sèvres : Diane chasseresse et les Saisons.

115 — Groupe de trois figures en ancien biscuit de Sèvres : l'Automne.

116 — Groupe de trois figures en ancien biscuit de Sèvres : Offrande à l'Amour, socle en bronze doré à feuilles d'acanthe.

117 — Deux groupes de trois figures en ancien biscuit de Sèvres à sujets mythologiques : la Nuit passant triomphante emportée dans son char ; le Sommeil d'Apollon surveillé par la Nuit et l'Aurore.

118 — Groupe en ancien biscuit de Sèvres : la Lumière maîtrisant la Force.

119 — Groupe en ancien biscuit d'après Falconnet : Vénus et l'Amour.

120 — Groupe de trois figures de petits paysans tenant une guirlande de fleurs autour d'un vase formant brûle-parfums, ancien biscuit de Saxe.

121 — Groupe de chien et cygne surmonté d'un petit vase avec anses formées de petits tritons en ancien blanc de Villeroi.

122 — Groupe en ancien blanc de Saxe : Trois enfants sous un arbre.

123 — Groupe de deux enfants au pied d'un arbre, en ancien blanc de Saxe.

124 — Groupe de petit berger endormi et petite bergère, en ancien blanc de Mayence.

125 — Grande figurine en ancien biscuit de Sèvres : Melpomène.

126 — Figurine en ancien biscuit de Sèvres : Flore.

127 — Deux figurines en ancien biscuit de Sèvres :
le Petit Géomètre et le Petit Écrivain.

128 — Groupe en ancien biscuit de Sèvres : *le
Char de la Folie traîné par un griffon ailé.*

129 — Deux grandes figurines en ancien biscuit
de Sèvres : *l'Innocence et la Méditation,*
d'après Falconnet.

130 — Groupe de deux figures en ancien biscuit
de Sèvres : *Vénus et l'Amour,* sur socle enguirlandé de fleurs, d'après Falconnet.

131 — Figurine en ancien biscuit de Sèvres :
Amour décochant un trait.

BOITES, BONBONNIÈRES

132 — Bonbonnière en poudre d'écaille avec bordure écaille posé d'or, ornée dessus d'un fixé
représentant la prise de la Bastille. Travail du
temps.

133 — Bonbonnière en ivoire ornée sur le cou-

vercle d'une miniature : Jeune Femme éplorée. Époque Louis XVI.

134 — Bonbonnière ronde en écaille, garnie de galons dorés avec miniature sur le couvercle : Trois petits enfants mangeant du raisin. Époque Louis XVI.

135 — Médaillon ovale, sujet de l'école anglaise : Scène d'intérieur, fragment d'éventail ; cadre en bois sculpté et doré ancien.

136 — Bonbonnière ronde avec dessus orné d'un fixé représentant la Collation champêtre, attribué à Lebel ; cercle bas or du temps de Louis XVI.

137 — Jolie bonbonnière ronde en vernis Martin, rayée vert et or, avec miniature : Portrait d'un maréchal de camp en armure, sur le couvercle. Époque Louis XVI.

138 — Bonbonnière ronde en écaille, garnie de galons dorés, avec miniature sur le couvercle représentant une allégorie avec cette inscrip-

tion : *Le temps ne pourra l'effacer ;* peinture
en grisaille du temps de Louis XVI.

139 — Bonbonnière en vernis Martin, rayée vert,
blanc et or, avec médaillon : Tête de soldat,
bas-relief sur ivoire, entouré d'un cercle de
perles d'acier. Époque Louis-XVI.

140 — Bonbonnière en vernis Martin, dessin
rouge et or avec médaillon représentant la
rencontre d'un jeune seigneur et d'une petite
princesse, peinture du temps de Louis XVI,
ornant le milieu du couvercle.

141 — Bonbonnière en vernis Martin, rouge
quadrillé, avec miniature ovale sur le couvercle : Jeune Femme coiffée d'un bonnet.
Époque Louis XVI.

142 — Bonbonnière ronde en écaille, garnie de
galons dorés, avec miniature sur le couvercle :
Paysage arrosé par une rivière, animé de
petites figures dans le genre de Savignac.
Époque Louis XVI.

143 — Bonbonnière vernis Martin, fond d'or,
décor à bouquets de fleurs détachées.

144 — Petite boîte ronde en ivoire, toute sculptée à jour, offrant sur le couvercle deux enfants jouant avec des fleurs. Epoque Louis XVI.

145 — Bonbonnière ronde en ivoire, dessus et dessous en verre avec peinture : Scène enfantine. Époque de la Révolution.

146 — Bonbonnière ronde en bois, avec miniature sur le couvercle : Jeune Fille devant un monument portant l'inscription : *Werter*.

147 — Bonbonnière en ivoire avec sujet d'amour sur le couvercle, et inscription : *Il sera éternel;* étui en galuchat. Époque Louis XVI.

148 — Bonbonnière en écaille offrant sur le couvercle deux profils de femmes ombrés, encadrés d'une guirlande de fleurs. Époque Louis XVI.

149 — Bonbonnière en vernis Martin, garnie de galons gravés à chaînettes, avec miniature : Portrait de paysan, sur le couvercle. Époque fin Louis XVI.

150 — Bonbonnière laquée verte, avec miniature grisaille, sujet d'amour, sur le couvercle, encadrement perlé. Époque Louis XVI.

151 — Bonbonnière vernis Martin, rayée, avec sujet en nacre gravé sur le couvercle. Époque Louis XVI.

152 — Petite boîte en écaille, laquée rouge, dessus, orné d'un dessin posé d'or. Époque Louis XVI.

153 — Bonbonnière ronde offrant dessus une peinture d'après Angelica Kauffmann.

154 — Bonbonnière ronde en ivoire, décorée des attributs de la Passion.

155 — Bonbonnière en écaille avec médaillon sur le couvercle.

156 — Boîte a fard de Saxe, décor à fleurs.

157 — Étui de Saxe, décor à sujet Watteau, en camaïeu vert. Époque Louis XVI.

158 — Boîte de Nymphemburg, fond vert, médaillon, fleurs et insectes, avec sujet : la Repriseuse, sur le couvercle.

159 — Petite bonbonnière en ivoire, avec miniature sur le couvercle: sujet champêtre. Époque Louis XVI.

160 — Dessus de boîte de Saxe, avec sujets des deux côtés.

161 — Petite boîte ovale en émail, avec inscription dessus : *Trifles Fhew respect.*

MINIATURES

162 — Miniature ronde sur ivoire : Portrait de jeune femme coiffée d'un chapeau enguirlandé de fleurs et s'appuyant sur une table. Époque Louis XVI.

163 — Miniature ronde sur ivoire : Portrait de jeune femme à chevelure bouclée retenue par un ruban et corsage décolleté. Époque Louis XVI.

164 — Miniature ronde sur ivoire : Portrait d'André Chénier.

165 — Miniature ovale sur ivoire : Jeune Femme assise dans un fauteuil, avec coiffure enrubannée et robe bleue décolletée. Époque Louis XVI.

166 — Miniature ronde sur ivoire : Jeune Femme assise et accoudée, coiffée d'un chapeau de tulle à plumes. Époque fin Louis XVI.

167 — Miniature ovale : Portrait d'homme. Époque de la Révolution.

168 — Miniature ovale : Portrait de jeune fille à chevelure bouclée, coiffée d'un bonnet de dentelle. Époque Louis XVI.

169 — Miniature ovale sur ivoire : Portrait de jeune femme coiffée d'un chapeau première république.

170 — Miniature ronde sur ivoire : Portrait de jeune fille, d'après Hall.

171 — Miniature ovale sur ivoire : Portrait de jeune fille Louis XVI ; cadre or gravé.

172 — Miniature ovale Louis XVI : Portrait de jeune femme en robe bleue décolletée.

173 — Miniature Louis XV : Jeune Femme et petit chien dans un paysage.

174 — Jolie miniature ovale sur ivoire : Portrait de jeune femme, chevelure longue et blonde avec voile, robe bleue gracieusement décolletée. Époque Louis XVI.

175 — Miniature ronde : Portrait de femme, coiffure haute. Époque Louis XVI.

176 — Deux petites miniatures ovales : Portraits de femme. Epoque Louis XVI.

177 — Miniature ovale : Portrait d'un cardinal.

178 — Miniature ovale : Portrait d'un gentilhomme Louis XV.

179 — Miniature ovale : Portrait d'homme. Époque Louis XV.

180 — Miniature ronde sur ivoire : Portrait de jeune fille avec guirlandes de fleurs dans les cheveux et au corsage. Époque Louis XVI.

181 — Miniature ovale : Portrait de jeune princesse autrichienne. Époque Louis XV.

182 — Miniature ovale : Portrait de jeune fille coiffée d'un grand chapeau à plumes, avec robe bleue décolletée, tenant une rose à la main. Époque Louis XVI.

183 — Miniature ovale sur ivoire : Portrait de jeune femme tenant un médaillon à la main. Époque de la Révolution.

184 — Miniature ronde représentant en grisaille une reine couronnant de fleurs le buste d'un personnage.

185 — Miniature ronde représentant un jeune soldat autrichien causant avec deux paysannes. Époque Louis XVI.

186 — Miniature : Portrait de la duchesse de Mailly.

187 — Miniature : Portrait de Marie Leczinska.

ÉVENTAILS

188 — Éventail époque Louis XVI, monture ivoire enguirlandé de fleurs ; feuille à trois médaillons, sujets champêtres brodés à paillettes.

189 — Éventail Louis XV en ivoire sculpté à jour, feuille découpée, sujet champêtre.

190 — Éventail Louis XVI, monture en nacre à rehauts d'or, feuille à trophées et médaillons.

191 — Éventail en ivoire avec médaillons : Portrait de femme tenant un masque.

192 — Éventail en écaille décoré de scènes mythologiques.

193 — Éventail en vernis Martin, décor sujet champêtre.

194 — Éventail Louis XVI, monture en ivoire, feuille avec médaillon à trophées, brodé à paillettes.

195 — Éventail Louis XVI, feuille à médaillon allégorique et guirlandes de fleurs, monture en ivoire rehaussé d'or.

196 — Éventail en ivoire sculpté et rehaussé de peinture, feuille à sujet galant et champêtre. Époque Louis XV.

197 — Éventail en ivoire avec feuille à trois médaillons : Vues de monuments.

198 — Cinq éventails Louis XV et Louis XVI. (Sera divisé.)

OBJETS DE VITRINE

199 — Joli service de chasse en fer niellé d'or et bronze doré, couteau et fourchette du xvie siècle.

200 — Couvert de voyage, couteau et fourchette en fer et argent.

201 — Beau diptyque en ivoire, travail gothique.

202 — Diptyque en bronze, même époque.

203 — Plaquette en ivoire : Scène chevale-
resque.

204 — Tête de mort en ivoire, XVIe siècle.

205 — Peigne en buis sculpté. Époque romane.

206 — Bas-relief en buis sculpté du XVIIe siècle.

207 — Bas-relief en buis sculpté du XVIIe siècle.

208 — Poignard en fer avec gaine en cuir.

209 — Joli coffret en fer damasquiné d'or et
d'argent.

210 — Flambeau en bronze roman.

211 — Sonnette en bronze. Époque romane.

212 — Coupe en bronze romane, monture à
gouttelettes et malachite.

213 — Flambeau en bronze doré et gothique.

214 — Grille en fer. Époque gothique.

215 — Coffret en fer. Époque romane.

216 — Médaille à l'effigie d'Hippolyte de Gon-
zague.

217 — Médaille à l'effigie de Tibérius Declanus.

218 — Médaille à l'effigie de Balthazar Castil-
lon.

219 — Médaillon à l'effigie de Cosme de Mé-
dicis.

220 — Médaille à l'effigie d'Alphonse] Falcotus.

221 — Médaille à l'effigie de Joh Churfurst.

222 — Médaille à l'effigie de la famille d'Arem-
berg.

223 — Plaquette en bronze du XVIᵉ siècle.

224 — Plaquette en bronze du XVᵉ siècle.

225 — Plaquette en bronze du XVIᵉ siècle.

226 — Plaquette à sujet Clodion.

227 — Médaillon en bronze à l'effigie d'Adrien VI, pape.

228 — Médaille en plomb.

BRONZES

229 — Belle paire de chenets en bronze du temps de Louis XVI, modèle à pommes de pins et braseros.

230 — Reliure de missel en métal argentée.

231 — Groupe en bronze : Enfant au perroquet, de Lanzirotti.

232 — Groupe en bronze : Enfant au chien. Pendant du précédent.

233 — Très beau buste de Cordier, bronze de couleur : Femme d'Alger.

234 — Paire de chenets Louis XV, bronze
doré : Enfants sur des rinceaux.

235 — Paire de chenets à ornements. Style Louis
XVI.

236 — Très jolie pendule à cadran tournant, en
bronze doré, ornée de deux statuettes d'a-
mours chasseurs.

237 — Petite pendule Louis XV, bois des îles et
bronze doré.

238 — Deux candélabres marbre blanc et bronze
doré, à trois lumières formées par des pavots.

239 — Deux jardinières en cuivre repoussé.

240 — Pendule Louis XVI, bronze doré, avec
liseuses en biscuit.

241 — Groupe en bronze d'après Marin : Bacchante couchée, sur socle bronze doré.

MARBRES

242 — Beau vase de milieu en marbre blanc sculpté, à panse de forme écrasée, décoré de guirlandes et de feuillages. Époque Louis XVI.

243 — Belle paire de vases en marbre blanc sculpté, en forme d'ancre, décor à entrelacs quatre-feuilles. Époque Louis XVI.

244 — Très belle garniture de cheminée en marbre blanc et bronze finement ciselé et doré, de style Louis XVI ; la pendule est surmontée d'un groupe de Vénus et l'Amour, par *Bracony* ; les candélabres sont formés de statuettes d'enfants portant des bouquets.

245 — Belle statuette en marbre blanc : Bacchante inspirée de Clodion.

246 — Jolie buste de jeune fille en marbre blanc. Style Louis XVI.

247 — Petit buste de Cléopâtre en marbre blanc, de Clésinger.

MEUBLES

248 — Ancien bahut italien, orné de verres églo-
misés, socle en bois sculpté, à guirlandes de
fruits et fleurs supportées par deux nègres,
surmonté d'une pendule à cadran, peint sur
cuivre, représentant le Temps montrant
l'heure.

249 — Belle console en bois sculpté et doré, du
temps de Louis XIV, modèle à mascaron de
tête de femme.

250 — Grande bibliothèque Louis XIV, à trois
vantaux en bois sculpté.

251 — Grand bahut à deux corps, à deux vantaux dans le haut et deux vantaux dans le
bas, en bois sculpté, avec médaillons à sujets
de chasse entourés de rosaces et ornements.
Ancien travail breton.

252 — Deux panneaux en bois sculpté.

253 — Grande et belle commode en marqueterie

bois de rose, à fleurs, richement ornée de bronzes. Époque Louis XV.

254 — Meuble curieux, de forme monumentale, en écaille, ivoire et émaux peints. Époque Louis XIII. Posé sur une table-tréteau en bois noir incrusté d'ivoire.

255 — Deux petits panneaux en bois sculpté, du XVIe siècle, représentant des bustes de personnages.

256 — Deux panneaux représentant des scènes flamandes.

257 — Fût de colonne Louis XV à cannelures.

258 — Belle jardinière Louis XVI en bois sculpté à jour et doré.

259 — Quatre chaises à arcades, Louis XVI en bois sculpté, couvertes en soie et velours.

260 — Grand fauteuil Louis XIV en tapisserie au point.

261 — Meuble-vitrine en bois noir à pans coupés avec bronze.

262 — Piano en marqueterie de cuivre sur écaille. Style Boulle.

263 — Deux appliques Louis XIV à deux lumières, fond de glace de Venise.

264 — Paravent à six feuilles, à fond de velours et soie.

265 — Fauteuil Louis XV en bois naturel, couvert en ancienne soierie.

266 — Petite chaise longue en bois naturel, couvert en soie rouge à fleurs.

267 — Deux chaises Louis XV couvertes en ancienne soierie.

268 — Petit canapé Louis XV en bois doré, couvert en soie bleue.

269 — Petite table en bois de rose, ornée de bronze.

270 — Quatre petites consoles d'appliques à figures, en bois sculpté et doré.

271 — Deux lampes craquelé à dessins bleus, montées en bronze.

272 — Écran Louis XIV en bois doré, avec broderie d'or et d'argent.

273 — Beau meuble de salon en bois sculpté et doré, composé d'un canapé, six fauteuils, quatre chaises couverts en tapisserie genre Beauvais. Style Louis XVI.

274 — Six chaises en noyer sculpté, couvertes en tapisserie, personnages au petit point. Style Louis XIII.

275 — Écran en noyer sculpté et tapisserie à personnages au petit point. Style Louis XIII.

276 — Grande tapisserie de Marseille, encadrée, représentant des ramages et bouquets de fleurs.

277 — Couvre-pieds en soierie fond crème, décor rouge à fleurs.

278 — Bibliothèque en chêne.

279 — Deux belles bouteilles en faïence de Caffaggiolo.

280 — Vingt assiettes en vieux Chine, décor rouleaux.

281 — Pendule en bronze.

282 — Figure de chevalier en bronze, sur socle en marbre.

283 — Deux bouts de table Louis XVI en porphyre, monture bronze doré.

284 — Coffret à bijoux en ébène.

285 — Deux gaines en marbre blanc, avec ornements et griffes de lions.

286 — Colonne en marbre rouge.

287 — Deux gaines en marbre vert antique.

288 — Gaine en marbre rouge antique avec bronze.

289 — Deux colonnes en marbre noir et filets or.

290 — Piédestal carré en marbre.

VIOLON ET HARPE

291 — Beau violon de Guarnerius avec deux ar-
chets.

292 — Belle harpe avec crosse sculptée, du temps
de Louis XVI.

BIJOUX

293 — Paire de boucles d'oreilles, composée de
deux beaux brillants solitaires.

294 — Jolie bague formée d'un gros rubis entouré
de brillants.

295 — Beau collier en brillants anciens, enrichi
d'une grosse perle-pendeloque au centre.

296 — Bracelet enrichi de brillants.

297 — Bracelet enrichi d'une belle turquoise avec double entourage de brillants.

298 — Bracelet en or avec main en émail noir et bouquet de brillants.

299 — Porte-cartes en or enrichi d'un bouquet de brillants et de roses.

300 — Broche en or enrichie de trois grosses perles fines et de brillants.

301 — Bague trois corps en or, enrichie d'une perle grise, deux blanches et six brillants.

302 — Grande et belle broche en brillants, rubis et perles.

303 — Pendant de cou en brillants et rubis avec brillant de fantaisie au centre.

304 — Bracelet enrichi d'une grosse perle grise au centre entourée de onze brillants et, sur le corps, de deux brillants solitaires se démontant pour former broche.

3o5 — Paire de pendeloques en roses, enrichies de huit perles.

3o6 — Jolie croix en brillants avec turquoise et grosse perle au centre.

3o7 — Médaillon en or et émail pavé de roses.

3o8 — Bracelet en or, modèle torsade avec perle fine.

3o9 — Épingle en or avec perle noire entourée de brillants.

31o — Bague composée d'un saphir entouré de brillants.

311 — Bague composée d'un rubis forme cœur, entouré de brillants.

312 — Diadème en turquoises et perles fines.

313 — Pendant de cou, enrichi d'un rubis cabochon, de perles noires et de roses.

314 — Broche modèle pensée en grenats, enrichie de brillants et de roses.

315 — Couvert avec monture en argent émaillé.

TABLEAUX, GRAVURES

BAUDOIN

316 — *Le Carquois épuisé.*

317 — *L'Épouse indiscrète.*

BRISSOT

318 — *Moutons au pâturage.*

BROCHART

319 — *Femme en costume oriental.*
Pastel.

320 — Pendant du précédent.

CHAVET

321 — *Dame en costume Louis XV.*

DEBUCOURT

322 — *L'Escalade.*

DROUAIS

323 — *Portrait de petite fille en costume Louis XVI.*

DUVAL LE CAMUS

324 — *Mendiant* et *Paysan.*

Deux pendants.

ÉCOLE BELGE

325 — *La Halte.*

ÉCOLE FRANÇAISE

326 — Quatre jolis dessus de porte représentant des sujets allégoriques formés par des amours.

ÉCOLE FRANÇAISE

327 — *Portrait du duc de Lauraguais.*

FAUSTIN-BESSON

328 — *Dame tenant un perroquet.*

FRAGONARD

329 — *Le Songe d'amour.*

> Belle épreuve avec la lettre à la pointe.

FRAGONARD

330 — *La Folie.*

> Gravure en couleur.

FRAGONARD

331 — *Les Hasards de l'escarpolette.*

> Épreuve avant la dédicace.

FRAGONARD

332 — *La Fontaine de l'Amour.*

> Belle épreuve avec la lettre à la pointe.

FRÈRE (Théodore)

333 — *Vue d'Orient.*

GRANDCHAMP (de)

334 — *Une Rue du Caire.*

GUILLEMER

335 — *Environs de Barbizon.*

HUET

336 — *Scènes pastorales.*

Deux tableaux ovales.

JEAURAT

337 — *Portrait de jeune garçon en costume Louis XVI.*

LE BAILLIF

338 — *La Surprise désagréable.*

LEGRAND

339 — *Jeune Homme en costume Louis XVI, lisant.*

LENFANT DE METZ

340 — *Le Petit Chaperon rouge.*

MIRALÈS

341 — *Costumes espagnols.*

Deux pendants.

MOSCHE

342 — *Le Vieux Galant.*

NOEL (Jules)

343 — *Vue d'une rue de Morlaix.*

NOEL (Jules)

344 — *Vue prise à Hennebont (Bretagne).*

SALMON

345 — *La Gardeuse de dindons.*

SANTERRE

346 — *Portrait de femme en costume oriental.*

SAINT-AUBIN

347 — *Le Concert.*

348 — *Le Bal.*

Deux épreuves avant la lettre.

TAPISSERIES

349 — Magnifique série de quatre tapisseries, représentant des scènes d'après Wouwermans : la Halte à l'auberge et l'École d'équitation.

> Intéressantes compositions de nombreux personnages, cavaliers, amazones, paysans, gens de manège, courriers, etc. Avec riants paysages ou vues de châteaux en perspective. Superbes bordures, représentant des guirlandes et des gerbes de fleurs, au milieu desquelles courent des petits chiens, et sont suspendus des trophées de natures mortes. Ces tapisseries sont remarquables par leur parfait état de conservation.

350 — Quatre jolis dessus de porte en tapisserie du XVI° siècle, avec figures, fleurs et ornements.

351 — Grande tapisserie Louis XIV, verdure avec broderie.

352 — Tapisserie de même époque, verdure avec broderie.

353 — Panneau, tapisserie du XVI° siècle : Femme assise dans un jardin.

354 — Bande de cheminée, tapisserie du xvie siècle.

355 — Grand tapis de salon de la manufacture d'Aubusson.

356 — Dessus de porte, tapisserie Louis XIV : Paysage et fleurs.

357 — Bande de tapisserie du xvie siècle, à fond bleu à médalllon.

358 — Panneau en hauteur, tapisserie du xvie siècle : Personnages dans un jardin.

359 — Petite bande en hauteur, tapisserie : sujet de Guerrier.

360 — Portière en tapisserie Louis XIII : Verdure avec château.

361 — Deux portières en tapisserie Louis XIV avec bordure de fleurs.

362 — Quatre petits panneaux en hauteur, tapisserie du xvie siècle.

363 — Petit tapis d'Orient, velours, xvie siècle, à broderie d'or.

www.ingramcontent.com/pod-product-compliance
Lightning Source LLC
LaVergne TN
LVHW021750060726
842528LV00003B/882